Nerling

Blödmänner!

Eichborn

NERLING
Matthias Kucziensky, Jahrgang 1961, lebt und arbeitet in Hamburg.

Die Deutsche Bibliothek – CIP-Einheitsaufnahme

Nerling:
Blödmänner! / Nerling. –
Frankfurt am Main : Eichborn, 1992
ISBN 3-8218-2990-7
NE: HST

Umschlaggestaltung: Sabine Witkowski / Uwe Gruhle unter Verwendung eines Cartoons von Nerling.
Gesamtherstellung: Fuldaer Verlagsanstalt GmbH.
ISBN 3-8218-2990-7
Verlagsverzeichnis schickt gern:
Eichborn Verlag, Hanauer Landstraße 175, D-6000 Frankfurt 1

Van Gogh

So fängt es an

Schlüssel vergessen

Ich wollte die ganze
Geschichte vergessen.
Mir war jedes Mittel recht.

Warten auf Rita

125 bergab

Welchen nehmen wir?
Rechts vor links!

He! Da klaut jemand unser Auto!
Schnell die Nummer merken...

Der Fluchtwagen

Wieder unterwegs: Der Würger von Rahlstedt

Der Rückweg

Der Anrufer

Gut, daß du da bist. Ich hab ja solche Angst. Heute nacht würde ich sicher wieder keinen Schlaf kriegen.
DA! Er fängt wieder an!
RRRIIINNG!
Soll ich rangehen?
Hör mal, Süsser, fick dich ins Knie oder spring vor'n Zug, aber laß die Pranken vom Telefon…
..die Kleine hier fängt sonst noch genauso zu spinnen an wie du. Wär doch furchtbar.
Du mußt auf ihn eingehen! Sonst dreht er völlig durch…
..und steht plötzlich vor der Tür. Vielleicht sogar bewaffnet!
Er weiß, wo du wohnst?
Ja. Er war mal hier. Hab natürlich nicht aufgemacht.
Ehrlich, ich hab keine Ahnung, woher er meine Adresse hat.

Kannst dich übrigens ruhig schon hinlegen. Ich mach mich auf dem Sofa lang.
Mal seh'n, was es noch zu sehen gibt.
16 Tote
"Die letzte Rechnung zahlst du selbst." – Zu traurig.
RRIING! RRIING!
Verpiß dich!
Wo waren wir? Hier: "Wer ißt schon gerne blaue Bohnen". Hm.
Zum Glück hab ich mir was zum Lesen mitgebracht. "Das Blutgerüst."
RRIING!
O.K. Wichser, komm vorbei, dann können wir'n Schwanzvergleich machen.
Ich hab nämlich 'nen hübschen Fuchsschwanz hier.
Was?.. Achso... ..aha.. nein, garnicht... ..ja... aha... hm..... ..nein... ja, gut... ..also, ciao!
Das Marienhospital. Das Monstrum ist besoffen vor ein Auto gerannt. Schädelbasis.
Jetzt tut er mir richtig leid.
Ja. Fing an, mir Spaß zu machen.
Nesling

Mann gegen Mann

Blume weg

Vogel weg

Mutter weg

Brille weg

Wißt Ihr schon, was Ihr wollt?
Ja. Aber vorher möchten wir noch was trinken.

Der Esel

Kommt drauf an.
Erlauben Sie?
Als ich Sie eben sah, fiel mir sofort auf, daß wir uns mindestens 25 Jahre nicht gesehen haben.
Noch nie.
Da können Sie mal sehen, was wir alles nachzuholen haben!
Man muß nur fest dran glauben.
Klappt sonst besser.
O.K. Erzähl ich dir für den nächsten Cappucino etwas von mir.
Und zwar, was ich vor 25 Jahren gemacht habe.
Da hab ich Blumen gepreßt, ...
Äh- das ist doch in Ordnung. Du hast schließlich damit aufgehört. Oder?
...Sonnenblumen, Süßer.

Naja - besser als Maiskolben.
Und jetzt? Bist du Schlachterin?
Ja. Aber nur für Esel
Sie machen es einem wirklich nicht leicht. Ich geh' jetzt erstmal den Cappucino ordern.
BONK!
Mein Gott! Der Esel – mein Sternzeichen! So etwas ist mir ewig nicht mehr passiert! Tut mir leid, das!
Na, da komme ich ja gerade rechtzeitig. Bleiben Sie sitzen.
Bringen Sie doch bitte nochmal dasselbe.
Und den Cognac können Sie gleich vorne am Tresen umkippen.
Nerling

Ah! Volkshochschule! Halbes Jahr "Deutsche Grammatik"! Mmmh!
Au ja! Mal wieder so richtig durchdekliniert werden!
VHS Kurse

Das Sandmännchen

Die besten Jahre

Wo ist denn der Pfarrer?
Hier, baby! Wo soll's denn hingehn?

Zuhause ...

Nachtmusik

kroumm!
kroumm!!
krou
klingel!
ziemlich spät zum Betonmischen.
Is'ne Stichsäge
Und damit zerlegst Du deine Alte.
Nein, ich bau' mir Boxen.
schöner Sport
Für heute ist sowieso Schluß, ..
... muß morgen erst Nägel kaufen.
Willst Du die auch nachts reinschlagen?
Hab' ich Recht, Paul?! Der mörtelt seine Alte ein!?
Nein! Der junge Mann baut sich ein Schlüssel-brett!
Hab' verstanden!
Nerling

Guten Morgen. Störungsstelle.
Ist zwar unerhört, aber diese Störung ist Ihnen gelungen.

Märzsonne

Nächstes Jahr Rügen

Kalter Sommer

Regentage

Noch mehr Kaffee überleb' ich nicht.
Aber was bleibt mir anderes übrig, als Geld auszugeben und den Leuten im Weg rumzusitzen?
Hier – ich seh' aus wie ein Idiot
Ist das Einzige, was noch trocken ist
Und er verdient sich an meinem Elend dusselig
Otro café señor?
Nix da!
Ab jetzt wird nur noch aus dieser Heilquelle getrunken!
Und zwar solange, bis ein Wunder passiert und es endlich aufhört zu pissen!!
Nerling

Wasserpulver!
Und damit hast Du den
ganzen Wagen vollgepackt!?
Nesling

Im ewigen Eis

Ich könnte auch sagen: Nicht jetzt, ich habe Kopfschmerzen
hihi
?
Aber wir tun es!
Bilden Sie sich aber bloß nichts ein! Hier gibt es außer Ihnen ja niemanden!
Ich habe Sie bisher nicht rangelassen, weil Sie genauso langweilig sind wie mein Ewald.
Aber heute sollen Sie meine Python sein.
Und sollte ich hier lebend rauskommen, dann heißt es aber Obacht, ihr Schwanzträger!
Oder glauben Sie, ich wollte nichts anderes werden als die Verfasserin von...
"Die geschlechtslose Fortpflanzung der Juba-Flechte"?
Wenn ich die vielen jungen, hübschen Mädchen heute sehe, kann ich heulen!
Moment mal. Was ist denn DAS da!?
Die Station!
Oh verflucht!!!
Halt die Luft an, war nur'n Scherz.
Nerling

Über Tote nur Gutes

Der Bierunfall

Sie müssen einen Entzug machen !
Sonst noch was ?

Nie wieder Kino

Könnt ihr nicht geschlossen, als Gruppe zuspät Kommen?!
Halt dieLuft an.
Nagut. Fängt sowieso gerade an.
Allerdings!
Ihr Schirm?
Vielen Dank.
und eng ist es außerdem!
Merkst du's? Jetzt werden hier die Sitze zusammengeschoben.
Achwas
Doch! Da vorne wird gerade 'ne neue Reihe aufgemacht!
?
Haha! Ist das gut!
Was war? Was war?
Wieher
Brüll
Kicher
Ihm gefällt's.
Burps!
KREISCH!
Jemand verletzt?!

Raus!
Nicht genug, daß du im Kino den Brüllaffen machst...
KINO 2
...nein! Du bist auch noch gemeingefährlich!
Und jetzt kannst du gehen, Blödmann!
WC
Der Abend scheint gelaufen...
WC
Prfff!
Verschwinde!
Haha! Dahaha!
Na warte!
Und jetzt lach! Und lach! Und lach!
Und laß dich nie wieder bei mir blicken, du Sack, du häßlicher!
Edward G. Robinson
Pock!
Herrjeh! Was ist das denn?!
Ende

Bücher –
die können doch
nicht mal von alleine
stehen !

Hämorrhoiden?

Auch hier hilft Bier!

Tja–
Zahnkrebs

Wieder Ärger mit TV-Satellit!